RÉPONSE

DES PRINCES PROSPER-LOUIS, PAUL D'ARENBERG;

DOMICILIÉS A BRUXELLES, ET PIERRE D'ARENBERG, PAIR DE FRANCE;

DOMICILIÉ A ARLAY;

AU PRÉCIS

DE M. ALEXIS MARAUX, PROPRIÉTAIRE A VERS EN MONTAGNE.

RÉPONSE

DES PRINCES PROSPER-LOUIS, PAUL D'ARENBERG,

DOMICILIÉS A BRUXELLES, ET PIERRE D'ARENBERG, PAIR DE FRANCE,

DOMICILIÉ A ARLAY,

AU PRÉCIS

DE M. ALEXIS MARAUX, PROPRIÉTAIRE A VERS EN MONTAGNE.

RÉPONDRE au sarcasme et à l'injure par le même langage ne serait pas chose difficile; mais il est au-dessous de la dignité des Princes, que M. Maraux attaque aujourd'hui si violemment, de descendre à de semblables moyens. Ils feront seulement remarquer que des sarcasmes et des injures ne sont pas des raisons, et ils s'abstiendront d'employer de telles armes pour se défendre.

Mais, dira-t-on, où est le sarcasme? où est l'injure?

Dans son précis, pages 8, 10 et 16, M. Maraux fait tous ses efforts pour être mordant; et, pour rendre ses pointes plus saillantes, il a soin d'écrire en lettres italiques les expressions qu'il veut rendre piquantes.

Où est l'injure ? Dans l'épigraphe du précis de M. Maraux, l'article premier de la Charte Constitutionnelle !

Les Princes, à l'entendre, auraient donc oublié la belle maxime des temps modernes, insérée dans notre Constitution par le Roi législateur. Ils auraient donc compté obtenir gain de cause au moyen de priviléges qui leur seraient propres ! Mais non, ils demandent simplement que justice soit faite ; ils le demandent à des juges intègres, qu'aucune considération particulière ne pourra porter à faire incliner la balance du côté opposé à celui où ils placeront leur conviction, d'après les moyens de la cause.

Pourquoi donc rappeler aux Princes d'Arenberg qu'ils sont soumis aux lois comme tout autre individu ; que la justice, en France, s'administre avec impartialité, sans égard aux titres et aux dignités. Enfin, pourquoi leur remettre sous les yeux un principe qu'ils ont toujours présent à la pensée, si ce n'est pour leur faire injure ?

C'est assez défendre les demandeurs contre d'injustes attaques, et d'avance ils sont justifiés dans l'opinion de ceux qui ont lu le précis du défendeur.

M. Maraux prétend qu'il a dix fois raison, et il dit l'avoir prouvé. Les demandeurs, plus modestes, se borneront simplement à démontrer qu'ils ont raison.

Avant de rétablir les faits dans leur véritable jour, on dira au défendeur, qui se plaint d'avoir été traduit devant les tribunaux, que, par ses refus réitérés d'arrêter ses comptes, il a forcé les demandeurs à employer des moyens qui leur répugnent, auxquels ils n'ont eu recours qu'à la dernière extrémité, pour terminer enfin une comptabilité dont M. Maraux traîne le réglement en longueur depuis plus de deux ans.

Madame la Comtesse de Lauraguais avait en Franche-Comté quatre régisseurs particuliers, résidant à Arlay, à Besançon, à Lons-le-Saunier et à Vers. M. Maraux père, ancien notaire, était régisseur particulier de la terre de Vers. Condamnée le 6 février 1794 par le tribunal révolutionnaire de Paris, Madame de Lauraguais périt sous la hache fatale, qui n'épargna ni le sexe, ni l'âge, ni l'innocence ; ses biens furent confisqués. Par les lois des 14 floréal et 21 prairial an III (1795), qui abrogèrent le droit de confiscation des propriétés des condamnés révolutionnairement, la restitution des biens non vendus fut ordonnée. La fille de Madame de Lauraguais, son unique héritière, mère des Princes d'Arenberg, requit l'exécution de ces lois, et chargea M. Maraux père d'y veiller pour ce qui concernait les départements du Doubs, du Jura et de l'Ain. Il s'acquitta de cette mission en mandataire zélé et fidèle, et obtint, pour lesdits biens situés dans ces départements, la réintégration qui déjà avait été ordonnée, conformément à loi, en faveur de la même réclamante, pour les biens situés dans les départements du Nord, du Pas-de-Calais, de l'Oise et du Cher.

Cette circonstance valut à M. Maraux une grande confiance de la part de la maison d'Arenberg. Aussi fut-il chargé par elle de la surveillance des autres régisseurs, et de l'administration générale des biens situés dans le département du Jura.

Les régisseurs particuliers n'avaient pas de traitements fixes : ils percevaient seulement à leur profit le vingtième denier de la recette effective de leur régie, et on leur allouait en outre, chaque année, la somme de trois cents francs pour l'entretien d'un cheval.

M. Maraux père, en sa qualité de régisseur particulier de la terre de Vers, perçut à son profit le vingtième denier de sa recette, et il reçut en outre, en sa qualité d'administrateur général, et plus encore à cause des services qu'il avait rendus, un traitement annuel de 2,000 livres tournois, ensuite d'arrêté du conseil de la sérénissime maison d'Arenberg, à la date du 13 germinal an X, conçu en ces termes : « N° 90. Revu la farde Arlay, n° 37; revu la résolution du 18 « novembre 1797, n° 400, concernant les appointements à fixer à M. Maraux, « *tant en sa qualité d'administrateur en chef des biens situés dans le département* « *du Jura, qu'en qualité de receveur particulier de plusieurs terres;* vu le rapport « de M. Maraux, en date du premier nivose dernier, le conseil, après avoir « pris les ordres de Madame Brancas-d'Arenberg, informe M. Maraux des dis- « positions suivantes : »

« 1° Son traitement, *en qualité de receveur particulier de plusieurs terres,* est « fixé au vingtième denier de la recette effective, reprise déduite. »

« 2° Si, à cause de sa recette particulière, il est obligé de faire des voyages « extraordinaires hors des communes de sa régie, les frais de voyages lui se- « ront passés en mises, à charge d'en tenir notes détaillées dans un registre « destiné à cet effet. »

« 3° Son appointement, comme administrateur général, commencera à prendre
« cours le premier ventose an IV, Madame d'Arenberg n'ayant été réintégrée que
« que par arrêté du 16 ventose suivant. »

« 4° Cet appointement est fixé à la somme annuelle de deux mille livres
« tournois. »

« 5° Quand aux frais de voyages, le conseil, considérant que M. Maraux, *en sa*
« *qualité de régisseur en chef*, est obligé d'en faire fréquemment à une grande
« distance de chez lui, il lui sera alloué trois cents livres pour la nourriture
« et l'entretien d'un cheval, et les frais de voyages lui seront passés en mise
« de compte ; permis d'en tenir note détaillée et par date dans un registre des-
« tiné à cet effet. »

« 6° La résolution du conseil du 18 novembre 1797, n° 400, est rapportée
« pour autant que ses dispositions seraient contraires à la présente. »

« 7° Madame d'Arenberg déclare, par l'organe de son conseil, qu'elle se
« réserve la liberté de changer ou de révoquer les présentes dispositions quand
« bon lui semblera, n'entendant aucunement être liée envers son régisseur Maraux,
« que pour autant qu'elle ne changera ou ne révoquera point la présente réso-
« lution, etc. »

Les services rendus par M. Maraux père ne furent pas oubliés. La maison
d'Arenberg ne manqua aucune occasion de lui témoigner sa reconnaissance.
Aussi, le 22 mai 1801, M. Jean-Baptiste Maraux, sur la recommandation de
son père, fut-il appelé à la recette de la terre d'Arlay, en remplacement du
sieur Bourgeois, qui avait été renvoyé pour avoir malversé dans ses fonctions.

En 1818, M. Maraux père, désirant marier avantageusement son fils Philibert-
Alexis, demanda à la maison d'Arenberg de le lui adjoindre pour sa recette de
Vers, sans augmentation d'appointements, à la charge de gérer sous la direction
de son père. La lettre qu'il écrivit à cet effet est ainsi conçue :

Vers, 22 avril 1818.

Monsieur,

« Par ma dernière lettre, j'ai pris la liberté de vous parler du mariage que
« mon fils Alexis-Philibert est en projet de contracter avec une demoiselle de
« 20 ans, fille unique, appartenant à une honnête famille, n'ayant que sa mère,
« avec une fortune reconnue valoir 50 à 60 mille francs. Cette famille tient
« au remplacement de mon fils dans l'agence de la maison d'Arenberg *en ce*
« *pays*, et il ne m'appartient pas d'en disposer. Comme cependant je vois cette
« alliance avantageuse à tous égards pour mon fils, j'ai pensé que les Princes
« d'Arenberg pouvaient contribuer à son accomplissement, en le nommant mon
« adjoint dans mes fonctions à cause de mon grand âge, *sans aucune augmen-*
« *tation d'appointements*. Cette adjonction ne préjudicie en rien à la volonté de
« me faire remplacer par qui bon leur semblera; elle donne seulement l'espérance
« d'être mon successeur. Elle satisfera alors la mère et les parents de la demoi-
« selle, en énonçant dans l'acte de nomination que c'est pour aider à son
« père déjà fort âgé, mais qu'on désire conserver dans des fonctions qu'il rem-
« plit depuis si long-temps avec probité et satisfaction, son maintien dans sa
« place étant d'ailleurs, dans le temps présent, nécessaire pour les délimitations
« et cantonnements à faire dans la forêt de Haute Joux, dépendances de No-
« zeroy, où la présence du *procureur spécial* des propriétaires deviendrait néces-
« saire et indispensable. »

« Que je n'oublie pas de vous dire que la jalousie de plusieurs personnes
« qui sollicitent ce mariage en leur faveur a fait courir le bruit dans tout le
« Jura que les Princes d'Arenberg avaient vendu tout leur bien à M. Jobez,
« dans l'intention de le faire manquer à mon fils, dont la bonne conduite le fait
« préférer à tous autres qui se présentent journellement chez la demoiselle. Aurait-
« il donc le malheur d'en être éloigné faute du titre que je vous prie de m'ac-
« corder pour lui, *sans que la maison soit surchargée de dépenses?* Perdrait-il
« ainsi sa fortune? C'est ce que je crains, mais c'est ce qui n'arrivera pas, si
« vous voulez consentir à ma demande, qui *n'engage en rien les propriétaires. Il*

« sera *toujours sous ma direction*, et ne signera rien sans mon approbation. Je
« mets ma confiance en vos bontés pour moi, que j'ai toujours reconnu m'être
« favorables ; je vous prie de l'être encore dans cette occasion, et de me croire, etc.

Signé MARAUX.

Le 4 mai 1818, M. Philibert-Alexis Maraux fut adjoint à son père pour la
régie de la terre de Vers, par procuration conçue en ces termes :

« Lequel comparant a, par les présentes, commis est constitué pour *receveur et*
« *régisseur* des biens appartenant auxdits Ducs, Princes et Princesses, situés sur
« les communes de Vers, Nozeroy, Mirebel, Montmorot et autres, situés dans
« le département du Jura, M. Charles-François Maraux père, ancien notaire,
« demeurant à Vers, et M. Alexis-Philibert Maraux, demeurant à...., qui lui
« est adjoint par les présentes, avec plein pouvoir d'agir ensemble ou séparé-
« ment, et autorisation audit sieur Maraux fils de remplacer à toutes choses et
« à tous effets ledit Maraux père, auxquels il donne pouvoir de régir et admi-
« nistrer les biens et affaires desdites terres, etc., de la manière que le sieur
« Maraux père l'a fait jusqu'à ce jour, et notamment faire toutes ventes de bois
« ordinaires, passer de nouveaux baux, recevoir tous les produits et fermages
« desdits biens et de rentes, tant arriérés que courants et futurs, de toutes sommes
« reçues donner quittances qui seront valables; citer et comparaître par-devant
« tous tribunaux et bureaux de conciliation, se concilier, ou sinon poursuivre
« jusqu'en définitif; mettre tous actes ou jugements à exécution, ou en appeler;
« nommer avocats, avoués; élire domicile; et généralement faire *ce qui à un bon*
« *régisseur appartient, à charge de rendre bon et fidèle compte dans les six mois*
« après l'échéance de chaque année, et se conformer en tout aux instructions re-
« çues et à recevoir du sieur comparant, pour la régie desdits biens, et de la
« manière que cela avait lieu avant le décès de ladite Dame Duchesse d'Areu-
« berg; intervenir aux noms desdis Ducs, Princes et Princesses, dans toutes les
« opérations relatives à la délimitation et l'abornement de leurs propriétés situées
« dans les départements du Jura, du Doubs et de l'Ain; requérir lesdites
« opérations, tant pour les propriétés contiguës à celles des habitants de

« Froide-Fontaine, de M. Champreux, avocat à Nozeroy, qu'à celles de toutes
« les autres communes et particuliers; requérir et consentir tous cantonnements des
« communes, portions de communes ou particuliers qui sont en possession des droits
« d'usage dans les forêts desdits Ducs, Princes et Princesses, situées dans l'étendue
« des mêmes départements; y intervenir; consentir et accepter tous abandonnements
« des portions délimitées; fixer l'époque de la jouissance, et faire, pour raison
« desdits cantonnements, ce qui sera nécessaire. Et dans le cas de contestation
« avec les communes ou particuliers, et dans le cas d'usurpation ou de refus de
« délimiter et aborner, et de consentir au cantonnement, M. Mary autorise lesdits
« sieurs Maraux à citer et comparaître, soit comme demandeurs, soit comme dé-
« fendeurs, tant en conciliation, en première instance qu'en appel; se concilier s'ils
« le trouvent convenable, ou sinon poursuivre jusqu'en définitif, et généralement
« faire, pour raison *de ce que dessus*, ce qu'ils trouveront convenable pour le bien-
« être des intérêts desdits Princes et pour la défense de leurs droits. »

« Promettant d'avouer lesdits mandataires, et d'avoir pour agréable, ferme et
« stable à toujours, ce qu'il auront fait et géré en vertu des présentes. Dont
« acte, etc. »

En 1820, M. Maraux père cessa d'administrer, et son fils Philibert-Alexis fit
seul la recette de la terre de Vers. Le Duc Engelbert, père des demandeurs,
assura par son testament une pension de retraite de 2,000 livres à M. Maraux
père.

Lorsque M. Maraux père cessa de régir la terre de Vers, aucune délibération ne fut
prise en ce qui concerne M. Philibert-Alexis Maraux, à qui il revenait de droit
le vingtième de sa recette, comme à tous les régisseurs de la maison d'Arenberg,
et 300 francs pour l'entretien d'un cheval.

Le défendeur, qui n'avait reçu procuration que pour la terre de Vers et non
un mandat d'administrateur en chef, se contenta de sa régie particulière de Vers,
et ne fit aucun acte d'administration générale. Ses comptes n'ont porté que sur la
régie de Vers, et ont été reçus, comme ceux de son frère Jean-Baptiste, par
des mandataires généraux.

Le premier janvier 1823, le Prince Pierre devint seul propriétaire des biens
de Franche-Comté, et vint résider dans cette province. Il surveilla par lui-même,
ou par les agents qui faisaient partie de sa maison d'Arlay, les régies particulières.

Le 9 décembre 1824, il donna une procuration générale à M. Monnier, qui fut chargé de surveiller les régisseurs particuliers et de les diriger. Cette procuration était conçue en ces termes : « Lequel a constitué pour son mandataire *géné-* « *ral et spécial* M. Désiré Monnier, etc., auquel il donne pouvoir, etc., etc.; « faire tous échanges de propriétés immobilières, en donnant ou recevant soulte; « suivre *tous objets d'administration*, de comptabilité, ayant rapport aux biens que « la maison d'Arenberg possède dans les départements du Doubs et du Jura; « *et donner toutes instructions aux autres agents et receveurs, auxquelles lesdits* « *agents et receveurs seront tenus de se conformer, etc.* »

On regardait si peu M. Philibert-Alexis Maraux comme ayant été chargé précédemment du même pouvoir, que personne ne pensa qu'il fallait lui notifier cette procuration, conformément à l'article 2006 du Code civil; il reçut sans observations les ordres de M. Monnier, et s'y conforma, en considérant lui-même ce mandataire comme administrateur général chargé de surveiller les régisseurs particuliers.

Le mandat particulier de M. Philibert-Alexis Maraux fut même modifié en ce qui concernait les bois, comme celui de tous les autres régisseurs. Le 29 juin 1826, le Prince Pierre d'Arenberg lui écrivit en ces termes :

Monsieur,

« Vous ayant annoncé l'an passé, en visitant les coupes de bois de la Combe- « d'Ain, que vous n'aviez plus la charge des soins administratifs des bois *qui* « *faisaient partie de votre régie*, je vous préviens qu'à partir de l'année 1826, « les versements pour *les ventes des parties forestières de Vers en Montagne* se « feront directement en ma caisse, ou dans celles que je désignerai aux adjudi- « cataires. Vous ne comprendrez plus ces sommes sur le budjet de votre « recette. »

Signé le Prince Pierre D'ARENBERG.

Cette réforme diminuant beaucoup la recette de M. Maraux, et par-conséquent le vingtième qui lui en revenait pour émolument, lui donna l'idée de réclamer le traitement annuel de 2,000 livres, dont il n'avait pas parlé jusques-là.

Le 9 décembre 1826, ses comptes pour la régie particulière de Vers en 1823 et 1824 furent arrêtés. M. Maraux voulait que l'auditeur des comptes y fît figurer le traitement annuel de 2,000 livres, outre le vingtième de la recette. L'auditeur répondit que ce traitement n'était pas dû, et qu'il n'avait pas pouvoir de l'allouer. Le défendeur ne se détermina à arrêter les comptes de 1823 et 1824, sans faire figurer dans l'arrêté de compte le traitement réclamé, que sur l'observation du sieur Lacroix, son commis, qui lui dit que le Prince Pierre avait eu, tant par lui que par les agents de sa maison d'Arlay, la surveillance et l'administration générale; et qu'il n'était pas raisonnable de la part de M. Maraux de réclamer le prix d'une administration qu'il n'avait pas eue.

Le 17 février 1827, le Prince Pierre se vit dans la nécessité de retirer à M. Jean-Baptiste Maraux, frère du défendeur, le mandat qui lui avait été confié et dont il avait abusé.

Les négligences de M. Philibert-Alexis Maraux et l'appui qu'il prêta à son frère dans son indécente résistance ayant achevé de mécontenter le Prince, celui-ci révoqua le mandat du défendeur le 17 avril 1827.

Les seuls comptes de 1823 et 1824 ont été arrêtés; ceux de 1820, 21, 22, 25 et 26 n'ont été que présentés : ils sont tous adoptés sans modification, à part celui de 1826, qui contient trois articles à débattre.

PREMIÈREMENT.

A l'article 54 du chapitre de la recette de ce compte, le défendeur a porté une somme de 8,162 francs 30 centimes pour prix de la vente des bois de la Farrouille et du Petit-Chânois. Il faut retrancher de cette somme 6,162 francs 30 centimes, qui n'ont jamais été versés dans la caisse du comptable, comme le prouve l'article 3 du chapitre de la dépense de son compte, ainsi conçu : « *Idem* de celle de 6,162 francs 30 centimes, versée dans ladite caisse du Prince « par M. Claude Jobez et compagnie, pour restant du prix de la vente de la « Farrouille et du Petit-Chânois, mentionnée à l'article 54 de la recette. »

Le Prince Pierre avait, depuis 1825, retiré à tous ses régisseurs l'administration des bois, et avait en particulier prévenu M. Maraux, par une lettre du 29 juin

2

1826, en ordonnant que le prix des ventes de bois fût versé directement dans sa caisse; le défendeur fournit lui-même la preuve de ce fait à la page 6 de son précis, où il rapporte la lettre écrite par le Prince à cette occasion.

Le comptable n'a porté en recette une somme de 6,162 francs 30 centimes, qu'il n'avait pas touchée, que pour augmenter ses émoluments en percevant 308 francs 10 centimes, formant le vingtième de cette somme : mais, pour deux raisons, la ruse de M. Maraux ne doit pas lui profiter.

1° Les régisseurs n'ont le droit de prendre le vingtième que sur la recette effective; Or, le comptable n'a jamais fait la recette effective de cette somme, puisqu'elle a été versée directement par M. Claude Jobez et compagnie entre les mains du Prince, sans passer par celles de M. Maraux; donc celui-ci n'en doit pas percevoir le vingtième à son profit.

2° Le mandant peut, quand il lui plait, révoquer ou restreindre le mandat : or, de fait, le Prince avait modifié le mandat de M. Maraux en ce qui concernait les bois, comme celui-ci en convient lui-même à la page 6 de son précis; donc M. Maraux était sans qualité pour toucher cette somme, et, à plus forte raison, pour en exiger le vingtième, sous prétexte qu'elle faisait partie de sa recette effective.

SECONDEMENT.

Il faut retrancher du quatrième chapitre de la dépense une somme de 300 francs portée à l'article 27 pour frais d'entretien d'un cheval.

Le Prince, en faisant ses observations sur le compte présenté pour 1824, a annoncé en ces termes : qu'à partir de l'année 1826, il ne serait plus fait aucune allocation pour l'entretien d'un cheval. « Vu et approuvé pour l'année « 1824. Il peut être continué pour 1825; mais à compter de cette date, il « cessera d'être porté en dépense. » Cette suppression était naturelle, puisque, à dater de 1826, M. Maraux n'était plus chargé de la régie des forêts comprises dans sa recette.

Le mandataire était libre de ne pas se soumettre à une pareille restriction; mais il fallait, pour cela, renoncer au mandat; n'y ayant pas renoncé, il doit sabir la condition imposée à sa procuration, que le Prince était libre de lui retirer entièrement, et dont il pouvait, à plus forte raison, modifier les conditions.

TROISIÈMEMENT.

Il faut retrancher du chapitre de la dépense l'article 28, qui porte une somme de 1,355 francs, tant pour le dernier semestre de 1826 que pour le prorata de deux mois et huit jours de la pension dont jouissait M. Maraux père.

1° Cette pension n'est pas due par le Prince Pierre seul, mais bien par tous les héritiers du Duc Engelbert, et il a été formellement défendu à M. Maraux de la porter ni dans ses comptes, ni dans ses journaux, comme on peut le voir par la lettre du 11 janvier 1823, rapportée à la page 4 du précis du défendeur.

2° M. Philibert-Alexis Maraux, n'étant pas seul héritier de son père, ne peut réclamer, même à la masse, que sa part virile de la créance, qui se divise de plein droit entre tous les héritiers de M. Maraux père (article 1220 du Code civil). Le Prince Pierre ayant une créance considérable sur M. Jean-Baptiste Maraux, qui n'offre pas une solvabilité suffisante, a le plus grand intérêt à diminuer la dette de celui-ci au moyen de la compensation.

Ces trois points établis, il en reste trois autres sur lesquels nous avons encore à répondre.

QUATRIÈMEMENT.

Les Princes Prosper, Paul et Pierre d'Arenberg ont seuls intérêt et qualité pour débatre les comptes de l'administration que le défendeur a eue de la terre de Vers depuis 1820 à 1823.

A l'audience du 29 avril 1828, le comptable a conclu à ce que les demanmandeurs fussent, pour le moment, déclarés non recevables pour défaut de suffisante qualité, à raison de ce que le mandataire avait administré en vertu d'une procuration donnée non seulement par les demandeurs, mais aussi par le

Duc Engelbert, par le Prince de Schwartzemberg, en qualité de père et tuteur de ses enfants mineurs : le mandataire soutenait qu'il ne pouvait pas être forcé de rendre son compte avant que tous les mandants fussent en cause pour le recevoir.

Ce n'était que pour retarder la décision de la cause que le défendeur élevait cette ridicule difficulté. Il savait mieux que personne que le Duc Engelbert était mort, et que ses enfants lui avaient succédé; on en voit même la preuve à la page 4 de son précis, où on lit ces mots : « Le Duc d'Arenberg avait fait porter mon « père dans l'état des pensions dues par sa maison pour une retraite annuelle « de 2,000 livres. Cette retraite lui fut payée provisoirement depuis 1819 jusqu'en « 1823 : à cette époque, le titre de cette pension fut régularisé par une lettre « qu'écrivit M. Mary, exécuteur testamentaire de M. le Duc, etc. »

M. Maraux savait de même que les demandeurs avaient acheté les droits des enfants de Schwartzemberg. Mais pour ôter au défendeur la possibilité de toute chicane, on lui a fait signifier un extrait de partage déposé chez Me Raison, notaire royal à Saint-Quentin, le 15 février 1825. Ce partage prouve, d'une part, que le Duc Engelbert, père des demandeurs, est décédé, et d'autre part, que les Princes Prosper, Paul et Pierre d'Arenberg ont acquis les droits des enfants de Schwartzemberg, par acte passé à Vienne, le 18 juin 1822.

CINQUIÈMEMENT.

Il n'a jamais été promis, ni expressément, ni implicitement, à M. Philibert-Alexis Maraux, de traitement annuel fixe de 2,000 livres, outre le vingtième de sa recette effective.

Il ne faut pas perdre de vue que les Princes d'Arenberg ne demandent au sieur Maraux que le paiement du reliquat des comptes signés de lui. Leurs demandes reposent donc sur des titres positifs, et se trouvent ainsi justifiées.

Le défendeur, pour éviter de solder le reliquat dont on lui demande le paiement, prétend, au contraire, faire entrer en compensation jusqu'à due concurrence 14,000 livres qu'il soutient lui être dues à raison d'arrérages d'un traitement annuel de 2,000 livres qui n'aurait pas été payé depuis 1820, époque à laquelle a commencé la gestion du défendeur. Il demande même, outre la compensation, le paiement de l'excédent.

Il est, en ce qui concerne la pension de 2,000 livres, le véritable demandeur. *Excipiendo reus fit actor;* c'est à lui à tout prouver, d'autant plus que le mandat est gratuit, s'il n'y a convention contraire (articles 1986 et 1999).

Quoique M. Maraux se soit chargé de prouver qu'il avait dix fois raison, il n'est pas difficile d'établir qu'il a complétement tort.

M. Maraux père cumulait deux fonctions distinctes, celle de receveur particulier de la terre de Vers, et celle d'administrateur *en chef,* ou *administrateur général* des biens situés dans le département du Jura.

En qualité de receveur particulier de la terre de Vers, le traitement de M. Maraux père fut fixé au vingtième de sa recette effective.

En qualité d'administrateur général, ses appointements furent fixés à la somme annuelle de 2,000 livres, comme cela est prouvé par l'arrêté du conseil de la maison d'Arenberg, à la date du 13 germinal an X.

En 1818, M. Maraux père demanda qu'on lui adjoignît, comme procureur spécial pour l'agence de Vers, son fils Philibert-Alexis, qui devait rester soumis à sa direction.

Philibert-Alexis Maraux ne fut pas nommé *administrateur général de tous* les biens situés dans le Jura, ou *administrateur en chef,* chargé de surveiller les autres régisseurs. Il ne reçut qu'une procuration spéciale pour régir les biens situés sur les communes de Vers, Nozeroy, Mirebel, Montmorot, et autres situés dans le département du Jura, et formant ce qu'on appelle spécialement la recette de Vers. Son frère Jean-Baptiste avait reçu lui-même une procuration conçue dans les mêmes termes, pour régir les biens situés sur les communes d'Arlay, Bletterans, Sellières, Joussaux, et autres situés dans le département du Jura, et formant ce qu'on appelle spécialement la recette d'Arlay. Jamais M. Jean-Baptiste Maraux n'a imaginé de se faire passer pour administrateur en chef et de réclamer d'autres émoluments que le vingtième de sa recette effective.

Dans l'une et l'autre de ces procurations, on ne parle que des régies spéciales des recettes de Vers et d'Arlay; on ne nomme ni *administrateur général* de tous les biens situés dans le Jura, ni administrateur *en chef* ayant quelque chose à commander à des régisseurs *subalternes.* On peut voir, par les expressions employées dans la procuration donnée à M. Monnier le 9 décembre 1824, que quand il s'agissait d'instituer un *administrateur général*, un *administrateur en chef*, on lui attribuait positivement le droit de donner des instructions et des ordres aux autres agents et receveurs.

Il est évident que le défendeur n'a succédé à son père que comme régisseur particulier de la terre de Vers, et non comme administrateur en chef. Or, en qualité de receveur particulier, le père ne pouvait réclamer pour émoluments que le vingtième de sa recette effective; donc le défendeur ne peut pas demander autre chose.

Comment M. Philibert-Alexis Maraux oserait-il soutenir qu'il a été nommé administrateur en chef, chargé de surveiller et de diriger les administrateurs subalternes, quand sa procuration ne dit rien de semblable, et qu'il est de principe qu'un mandataire doit se renfermer strictement dans les bornes de son mandat (articles 1984 et 1989). Ce qui s'est passé depuis la procuration donnée au défendeur prouve qu'on ne le regardait pas comme administrateur en chef, et qu'il ne se considérait lui-même que comme régisseur particulier de la terre de Vers.

1º Le 9 décembre 1824, M. Monnier a été nommé administrateur en chef. Or, si l'on avait considéré M. Maraux comme revêtu de la même qualité en vertu de la procuration de 1818, ou on n'aurait pas nommé M. Monnier, ou si on l'eût nommé, on aurait, par-là, anéanti le mandat général de M. Maraux, et on aurait dû le lui notifier en vertu de l'article 2006. Cependant il n'est venu à l'idée de personne de prévenir M. Maraux que sa procuration lui était retirée pour en revêtir M. Monnier. Donc le défendeur était regardé comme un simple régisseur particulier, et non comme un administrateur en chef. M. Monnier s'est mis en possession de son mandat, et l'a exécuté à l'égard de M. Maraux comme à l'égard des autres régisseurs particuliers, sans aucune réclamation de la part de celui-ci.

2º Si l'on avait pensé porter quelque atteinte au mandat de M. Maraux, on n'aurait pas manqué de lui en donner connaissance. En effet, quand il s'est agi de diminuer la régie de la terre de Vers, en retirant l'administration et la vente des bois qui jusques-là avaient fait partie de cette régie, on s'empressa d'en prévenir par lettre le régisseur; et quand on prit la résolution de ne plus rien lui allouer à l'avenir pour l'entretien d'un cheval, on l'en avertit également par écrit.

3º Quand les Princes ont eu à se plaindre des négligences et des malversations de M. Jean-Baptiste Maraux, régisseur particulier de la terre d'Arlay, il n'est venu à la pensée de personne d'en faire des reproches au défendeur, et de dire qu'il fallait le poursuivre comme garant. Cependant, s'il eût été administrateur en chef, il aurait dû empêcher que son frère conservât pendant plus de deux ans dans sa caisse, sans faire aucun versement, la somme énorme de 38,000 francs; il aurait dû le forcer à opérer la rentrée des arrérages; il en était dû à la même époque pour plus de 40,000 francs; il aurait dû le forcer à prendre à l'égard des fermiers les sûretés stipulées dans les baux, et qu'il a cependant négligées au grand préjudice des mandants, qui en ont été victimes.

Si le défendeur n'a pas surveillé la déplorable administration de son frère, s'il n'y a pas remédié comme aurait dû le faire un administrateur en chef, sous peine d'être déclaré responsable (articles 1991 et 1992), et si on n'a pas pensé à le rendre garant de ce défaut de surveillance, on peut en conclure, en toute assurance, qu'on ne le considérait pas comme administrateur en chef, et que lui-même ne se croyait pas investi de ce pouvoir.

4° M. Maraux s'est tellement considéré comme simple régisseur de Vers qu'il a reçu les ordres de l'administrateur général, M. Monnier; a correspondu avec lui en cette qualité, et lui a rendu des comptes mensuels.

5° Tout mandataire est tenu de rendre compte de sa gestion (article 1993); M. Maraux y était d'ailleurs spécialement obligé par sa procuration. S'il eût été administrateur en chef, il aurait dû exercer cette administration et en rendre compte. Or tous les comptes par lui présentés sont spéciaux pour la terre de Vers, et étrangers à toute autre administration; donc M. Maraux n'a pas été administrateur en chef.

6° Le défendeur a signé les arrêtés de comptes pour les années 1823 et 1824, quoiqu'on n'y ait fait figurer, pour tous émoluments, que le vingtième de la recette effective, 300 francs pour l'entretien d'un cheval, et des frais extraordinaires de régie. Il a par-là implicitement reconnu qu'il n'avait pas été administrateur en chef, et qu'il n'avait pas droit à un traitement fixe de 2,000 livres. Ce n'est pas par omission que ce traitement n'a pas été porté en compte. L'auditeur s'y est refusé.

A la page 7 de son précis, M. Maraux dit lui-même : « Mes comptes, pour « la gestion antérieure à 1823, furent envoyés à Bruxelles, et long-temps après

« ils me revinrent par l'entremise de M. Frizon, avec le projet d'arrêté de
« compte, dans lequel il n'était point fait mention du traitement annuel de
« 2,000 livres. *Je lui en témoignai ma surprise*, et il m'objecta qu'il n'était
« point autorisé à m'allouer cette somme, etc. »

Que M. Maraux vienne dire après cela qu'il n'a pas exigé que l'on portât en
compte les 2,000 livres de traitement, parce qu'il était en avance, personne ne
le croira, puisqu'il a dit lui-même qu'il avait témoigné sa surprise de cette omission
prétendue. La circonstance que le comptable était en avance ne l'avait pas em-
pêché de réclamer le vingtième de sa recette effective; pourquoi en aurait-il été
différemment du traitement de 2,000 livres? Si, d'après la manière dont M. Maraux
a présenté ses comptes, il paraissait en avance, de fait, sa recette eût de beaucoup excédé sa dépense, s'il eût mis moins de négligence dans l'acquit de ses
devoirs, et fait rentrer les sommes qui étaient dues à cette époque, savoir :
1° Sur les bois, une somme de 15,000 francs qu'il aurait dû se faire payer
comptant, suivant les conditions de la vente; 2° sur des fermages arriérés, et
notamment 3,940 francs dûs par ses deux beaux-frères, qu'il avait sans doute
des raisons de ménager. Enfin M. Maraux, pour paraître encore plus en avance
dans sa comptabilité, avait trouvé un meilleur moyen : c'était de ne porter dans
le compte d'un exercice que le produit des fermages de l'année précédente, tandis
qu'il faisait figurer au chapitre de la dépense toutes celles qui avaient eu effec-
tivement lieu pendant ledit exercice.

SIXIÈMEMENT.

Lors même que M. Philibert-Alexis Maraux aurait été nommé administrateur
en chef, et qu'on lui aurait promis un traitement fixe de 2,000 livres en cette
qualité, il ne pourrait pas en réclamer le paiement, parce que, de fait, il n'a
rempli aucune des fonctions d'un administrateur en chef.

Ce n'est pas assez d'avoir stipulé un prix pour le louage de travaux projetés,
pour pouvoir l'exiger de celui qui l'a promis : il faut encore avoir rempli la condition du contrat; il faut l'avoir exécuté de son côté pour pouvoir soi-même en
réclamer l'exécution. Celui qui ne livre pas la chose promise ne peut pas exiger

le prix de cette chose. Ainsi, le défendeur a-t-il été administrateur en chef? Qu'il indique les actes de son administration, et qu'il les soumette à la critique des mandants, en en rendant compte comme tout mandataire y est obligé (art. 1993). Jusques-là on lui répondra toujours qu'il ne peut réclamer l'exécution d'une obligation qui serait sans cause; qui ne serait qu'une pure libéralité, faite sans suivre les formalités prescrites; une libéralité que rien n'annonce qu'on a eu l'intention de faire. « *Nemo dare facilè præsumitur.* » Tout démontre, au contraire, que le traitement promis à M. Maraux père ne l'avait été que comme prix d'une administration en chef, et récompense des services par lui rendus. Si M. son fils Philibert-Alexis prétend être son successeur, ce ne peut être qu'aux mêmes conditions; puisqu'il n'y a pas eu novation. Or M. Maraux fils n'a pas exécuté le contrat, n'a pas administré en chef, n'a pas fait le travail promis, donc il ne peut pas réclamer le prix, et demander l'exécution du contrat dans son intérêt seulement. Le défendeur a lui-même mis en avant les mêmes principes; mais, malheureusement pour sa cause, il part de fausses bases en fait. A la page 13 de son précis, il dit : « Le paiement annuel que je réclame était la condition de l'ad- « ministration dont je portais le fardeau, et l'un ne pouvait pas aller sans « l'autre. »

On a démontré que le traitement de 2,000 livres était le prix d'une administration générale qui n'a jamais été confiée au défendeur, et qu'il n'a jamais exercée. Ainsi le traitement annuel de 2,000 livres était la condition d'une administration dont le défendeur n'a *jamais porté le fardeau : l'un ne pouvait pas aller sans l'autre; et puisqu'il n'a pas porté le fardeau, il ne peut pas réclamer l'avantage.*

RÉPONSES A QUELQUES OBJECTIONS.

A la page 5 de son précis, le défendeur dit : « Je continuai la gestion qui « m'était confiée, et j'ose affirmer que je l'ai fait avec le zèle le plus grand « et la plus scrupuleuse exactitude. J'avance ici, sans crainte d'être convaincu « d'erreur, que personne n'a jamais tiré un parti plus profitable aux Princes « des propriétés forestières soumises à mon administration. »

RÉPONSE. C'est à tort que le comptable se fait un mérite de l'augmentation du produit des forêts; chacun sait que ce genre de propriété a, depuis quelques

3

années, doublé de valeur, et que le bois se vend aujourd'hui le double de ce qu'on le payait il y a dix ans. M. Maraux s'appesantit complaisamment sur le parti qu'il a tiré des propriétés forestières, mais il ne parle pas de l'état dans lequel il les a laissées; il garde également le silence sur ce qui concerne les propriétés rurales, et surtout il ne mentionne pas l'état de celles de Vers, presque toutes amodiées depuis long-temps aux membres de sa famille, et qui ont été amodiées à d'autres moitié en sus, depuis que M. Maraux a cessé d'en être régisseur.

A la page 5 de son précis, le défendeur s'explique ainsi : « Il fallait, pour « la surveillance dont j'étais chargé, pour les ventes de bois, pour les recou- « vrements nombreux que j'avais à faire, des démarches multipliées, des dépla- « cements fréquents; et je puis dire qu'en diminuant les frais nécessaires que « cela entraînait du vingtième denier qui m'était accordé sur la recette, et de « la somme allouée pour la dépense d'un cheval, ce qui restait était fort peu « capable de payer mes soins, si le traitement fixe de 2,000 livres ne m'eût « pas été accordé. »

RÉPONSE. Tous les régisseurs particuliers ont, pour leur administration, à faire les mêmes démarches, les mêmes dépenses que celles auxquelles la régie de la terre de Vers obligeait M. Maraux, et cependant on n'est pas embarrassé pour trouver des régisseurs; aussitôt qu'un de ces emplois est vacant, il se présente un grand nombre de concurrents, quoique les régisseurs particuliers ne touchent, pour émoluments, que le vingtième de leur recette effective, et 300 francs pour l'entretien d'un cheval. Pourquoi le défendeur voudrait-il qu'on fit une exception pour lui ? A-t-il eu une administration plus difficile que celle des autres régisseurs, et pour laquelle il fallût faire emploi de plus grands talents ? Loin de là, il restait encore au comptable assez de temps pour exercer cumulativement les fonctions de percepteur des contributions.

La recette effective de 1820, 1821 et 1822 a été de 127,182 francs 17 centimes; le vingtième en revenant au comptable est de 6,359 francs 10 centimes, c'est-à-dire, par an, plus de 2,119 francs, à quoi il faut ajouter 300 francs pour l'entretien d'un cheval, ce qui porte le traitement à plus de 2,419 francs, sans y comprendre les frais extraordinaires de régie, qui figurent dans les comptes desdites années pour une somme de 285 francs 75 centimes.

La recette effective a été, pour 1823, de. . . . . 8,598 fr. 99 c.

Pour 1824, de. 28,453   34

Pour 1825, de. 106,577   54

Pour 1826, déduction faite de ce qui a été porté en recette mal-à-propos, de 53,197   14

En tout, pendant quatre ans, ... 196,827 fr. 01 c.

Dont le vingtième est de 9,841 francs, c'est-à-dire plus de 2,460 francs, ce qui fait, avec 300 francs pour l'entretien d'un cheval, par an, sauf la dernière année, 2,760 francs. Pendant ces quatre dernières années, M. Maraux a encore fait figurer dans ses comptes 261 francs 30 centimes de frais extraordinaires de régie qui lui ont été alloués.

On voit, par ce détail, que le défendeur a perçu, pendant sept ans, plus de 18,000 francs, et qu'on lui a alloué en outre, pour frais de régie, 547 francs 25 centimes.

Qu'on décide maintenant s'il n'a pas été largement payé d'une administration qui lui laissait le temps nécessaire pour exercer les fonctions de percepteur des contributions, et se livrer encore à un commerce considérable de bois. Mais M. Maraux veut tout cumuler quand il s'agit de traitement. Outre ses émoluments de percepteur des contributions et ceux de régisseur de la terre de Vers, il ose encore réclamer un traitement annuel de 2,000 livres comme régisseur en chef, quoique n'en ayant pas exercé les fonctions.

A ce calcul, le mandat de M. Maraux aurait coûté par an aux demandeurs près de 5,000 francs, somme qui seroit hors de toute proportion avec le travail de ce régisseur.

A la page 7, le défendeur se plaint des moyens mis en usage lors de la révocation de son mandat, pour obtenir la remise des registres de sa comptabilité.

Réponse. Il a donc oublié que lors du déménagement clandestin opéré par son frère à Arlay, et lors de la scandaleuse résistance de ce comptable, il était allé lui prêter main forte, et soutenir que les registres étaient la propriété du mandataire, quoiqu'il lui ait été enjoint par sa procuration de les tenir dans l'intérêt des mandants. Dans quels documents ceux-ci puiseraient-ils les éléments des comptes à rendre, s'ils n'avaient pas le droit de se faire remettre les livres-journaux qu'ils ont ordonné de tenir?

A Arlay, M. Jean-Baptiste Maraux avait, par les conseils de son frère Alexis, soustrait clandestinement ses registres; force était aux demandeurs d'employer les voies de rigueur, pour que M. Philibert-Alexis Maraux ne fît pas à son tour ce qu'il avait conseillé à son frère. La suite a prouvé qu'ils avaient eu raison; car, quoi qu'en dise le défendeur, il ne voulait pas d'abord rendre ses registres.

A Arlay, on n'employa que des moyens de douceur, et les registres furent enlevés par le comptable. Le défendeur s'est donc attiré le désagrément dont il se plaint aujourd'hui si amèrement.

A la page 8, le défendeur dit : « Il n'ont pas cru devoir épargner les frais, et m'ont fait deux procès, l'un à la requête des Princes Prosper, Paul et Pierre, l'autre à la requête du Prince Pierre seul.

RÉPONSE. Comment le défendeur, qui parait si sévère sur les formes, peut-il reprocher aux Princes d'Arenberg de lui avoir fait dans cette occasion deux procès? Il sait bien que leurs intérêts sont distincts aujourd'hui, et que l'une des sommes réclamées doit revenir à la communauté, tandis que l'autre doit appartenir au Prince Pierre seul. Il fallait donc deux actions séparées; et si les demandeurs avaient assigné collectivement pour obtenir le paiement de deux sommes dont l'une n'est due qu'au Prince Pierre, le sieur Maraux n'aurait pas manqué de s'opposer à ce qu'on associât les Princes Paul et Prosper à la discussion sur le mérite d'une créance qui leur est étrangère.

A la page 14, le comptable dit : « Qu'y a-t-il d'inconciliable entre le fait « d'avoir signé les comptes de 1823 et 1824............, et la conservation du « droit de faire plus tard la retenue de mon traitement échu.....? Combien cette « conviction n'est-elle pas plus forte, quand on entend les Princes dire dans « leurs actes de procédure que la réclamation de ce traitement forme une créance « séparée, donne lieu à une action distincte, et ne saurait être portée en déduc- « tion du reliquat de mes comptes.....? Mes adversaires ne semblent-ils pas avoir « pris le soin de me créer des arguments contre eux? »

RÉPONSE. Le défendeur ne craint pas de dénaturer les choses et de tomber en contradiction avec lui-même. Il sait parfaitement que l'on portait le traite-ment fixe de son père en *déduction* du reliquat de ses comptes, et que ce traitement entrait ainsi en compensation. A la page 5 de son précis, le défendeur dit lui-même : « Ce fut M. Mary, procureur général de la maison d'Arenberg, qui, à « la fin du compte dressé par mon père, *porta en déduction* les appointements « fixes des quatre années 1816, 1817, 1818, 1819. » Quand les Princes ont dit que la demande d'un traitement fixe était, de la part de M. Maraux, une préten-tion qui devait être soutenue par action distincte, et ne devait pas empêcher le paiement du reliquat de ses comptes, il n'ont rien avancé qui ne soit d'accord avec leur prétention et fondé sur les principes les plus certains du droit.

En effet, la provision est due au titre. Or, M. Maraux a signé les comptes par lui présentés; ils offrent un reliquat certain; donc, en vertu de ces titres; les demandeurs auraient pu exiger, par provision, le paiement du reliquat, sauf à M. Maraux à faire valoir plus tard ses prétentions, qui, n'étant pas certaines et liquides, n'auraient pas pu empêcher la provision due aux titres.

Pour éviter de rentrer en lice avec M. Maraux, les demandeurs ont renoncé à la provision due au titre et à la possibilité d'éloigner la discussion des préten-tions du défendeur.

- Arbois, le 18 août 1828.

FRIZON, fondé de pouvoirs.

CLERC DE LANDRESSE, conseil.

CH. PARANDIER, avoué.

Le 25 août 1828, le tribunal d'Arbois a prononcé en ces termes :

« Attendu que les parties ne sont plus en difficulté que sur trois articles de leurs comptes, le premier relatif à un traitement annuel de 2,000 livres tournois, réclamé de la part du défendeur, comme régisseur général ou administrateur en chef des biens du Prince Pierre d'Arenberg dans le département du Jura; le deuxième concernant la question de savoir si le sieur Maraux aura droit de prélever le vingtième denier sur le prix de plusieurs coupes dites de la Farouille et du Petit-Chânois; et le troisième, si pareil prélèvement, en ce qui concerne celle du Fayet, aura lieu, toutes lesdites coupes vendues aux sieurs Jobez-Monnier. »

« Attendu que le mandat est de sa nature un contrat gratuit, à moins de convention contraire; que conséquemment c'est au défendeur à justifier qu'indépendamment du vingtième denier qui lui est alloué comme régisseur particulier de la recette de Vers, il doit en outre recevoir 2,000 livres sous un autre qualité. »

« Attendu qu'à la vérité le sieur Maraux père avait obtenu en l'an X, de la maison d'Arenberg, des appointements annuels de 2,000 livres, comme *administrateur général*, indépendamment du vingtième denier pour la recette particulière de Vers; »

« Que, par sa lettre du 22 avril 1818, visée pour timbre et enregistrée à Arbois le 21 du courant, il fait part à cette maison d'un projet de mariage pour son fils Philibert-Alexis, défendeur en cette cause; annonce que la famille de la future tient à ce que son fils le remplace dans l'agence du pays, et en conséquence sollicite l'assurance de ce remplacement. »

« Que le quatre mai suivant, ainsi qu'il en conste par acte authentique, selon copie délivrée conforme par le notaire Michaud, de Champagnole, les Princes d'Arenberg, obtempérant à la demande, adjoignirent le défendeur à son père, en déclarant qu'il pourrait le remplacer en toutes choses et à tous effets.

« Attendu néanmoins qu'il paraît certain que M. Maraux père était peu occupé à raison de ce titre d'administrateur général, puisque rien ne le justifie au procès; que ces appointements de 2,000 livres semblent plutôt lui avoir été accordés comme une espèce de gratification, pour la récompense des services signalés qu'il avait rendus à la maison d'Arenberg pendant les orages révolutionnaires; et ce qui l'indique encore davantage, c'est qu'après la fin de sa gestion, on lui a payé jusqu'à sa mort une pension de 2,000 francs, en vertu du testament du Duc d'Arenberg. »

« Que dans la lettre que le père écrivait le 22 avril 1818, on remarque qu'il se prévalait de son grand âge pour appuyer sa demande; que cette adjonction à ses fonctions serait *sans aucune augmentation d'appointements*; qu'elle donne seulement à son fils *l'espérance d'être son successeur*; que d'ailleurs la présence du *procureur spécial* est nécessaire prochainement pour les délimitations et cantonnements dans la forêt de la Haute-Joux. »

« Enfin il termine en disant que la maison d'Arenberg *ne sera pas surchargée de dépenses*, que cela *n'engage en rien les propriétaires*, et que son fils sera toujours *sous sa direction*, et ne signera rien *sans son approbation*; que dans la procuration du 4 mai suivant, donnée sur cette demande, on voit que les sieurs Maraux père et fils sont nommés receveurs et régisseurs des biens *situés à Vers, Nozeroy., Mirebel, Mont-sur-Monnet, et autres dans le département du Jura;* que les pouvoirs sont donnés pour régir *les biens desdites terres,* qu'ils se conformeront à toutes instructions pour la *régie desdits biens;* qu'ensuite ils ont pouvoir spécial pour procéder aux délimitations et abornements des propriétés de la maison d'Arenberg *dans les départements du Doubs, du Jura et de l'Ain,* et qu'enfin il pourront requérir et consentir tous cantonnements pour tenir lieu de droits d'usage *dans les forêts situées dans l'étendue des mêmes départements. »*

« Attendu qu'il est de principe que le mandat doit être restreint aux cas spécifiés dans la convention qui le constate; que conséquemment on doit conclure des clauses mentionnées dans ladite procuration, et en la combinant avec la lettre par laquelle on la sollicitoit, qu'il ne s'agissait que d'associer Alexis Maraux à son père, en ce qui concernait *la recette de Vers,* afin de lui donner l'espérance raisonnable de lui succéder; que seulement il aurait en outre *pouvoir spécial* en ce qui concernait *la délimitation, l'abornement et le cantonnement* de tous les bois situés dans les trois départements désignés, ce qui indique évidemment des pouvoirs déterminés à cet égard, et exclut l'idée d'une *administration générale.* »

« Attendu que postérieurement, et par acte authentique du 9 décembre 1824, une véritable procuration générale a été donnée au sieur Désiré Monnier, en ce qui concerne l'administration des biens situés dans les départements du Doubs et du Jura, et dans laquelle on a eu soin de déclarer que le mandataire aura pouvoir *de donner toutes instructions aux autres agents et receveurs, auxquelles lesdits agents et receveurs seront tenus de se conformer;* d'où il suit que le Prince ne reconnaissait pas le défendeur comme son mandataire général, autrement il n'aurait pas manqué de lui retirer ses pouvoirs lorsqu'il a nommé le sieur Monnier. »

« Attendu que le défendeur lui-même a reconnu ledit Monnier pour le véritable fondé de pouvoirs général, ainsi que cela résulte de la lettre qu'il a écrite à ce dernier le 17 janvier 1825, enregistrée le 21 du présent mois, et visée pour timbre le même jour. Qu'en effet on remarque dans cette lettre qu'il le consulte sur la conduite qu'il doit tenir relativement au paiement du prix des ventes de bois faites à Mirebel; qu'en ce qui concerne un autre bois appelé Dos à l'âne, il demande audit Monnier s'il doit baliver la coupe déjà mesurée, en passer vente au sieur Olivier, ou suspendre; puis il le prie de lui répondre sur ce qu'il doit faire, *afin de s'y conformer.* Enfin il finit par dire qu'il lui fera passer le résultat d'une estimation qu'il a fait faire des bois du parc de Vers pour *recevoir ensuite sa détermination;* expressions si positives qu'elles lèvent tous les doutes à cet égard. »

« Attendu que la lettre écrite sous la date du 28 mai 1818 au sieur Maraux père, visée pour timbre et enregistrée à Arbois le 21 du courant, de la part d'un sieur Chopinet, notaire à Enghien et rédacteur de la procuration, ne justifie nullement le contraire, parce qu'en lui annonçant que son fils le remplace à tous effets, cette manière de s'exprimer est expliquée par tout ce qui s'en est suivi et tout ce qui vient d'être dit. »

« Que celle du 27 juin 1821, aussi enregistrée le même jour que la précédente, est également insignifiante, parce que si le sieur Monnier, en écrivant au défendeur, lui annonce qu'il lui envoie plusieurs comptes avec les pièces justificatives, il ajoute que ces *comptes sont attendus, qu'il faut les garder le moins possible;* qu'un sieur Mabiel lui avait recommandé de *les lui adresser; qu'il en donne avis à celui-ci;* ce qui même démontre que ledit Monnier n'adressait tout cela au défendeur que comme une commission qu'il lui donnait, c'est-à-dire pour faire passer le paquet à ce même Mabiel. »

« Qu'enfin les deux autres lettres produites par le défendeur sous les dates des 3 juin et 28 juillet 1822, encore enregistrées à Arbois le 21 du présent mois, n'annoncent autre chose si ce n'est qu'on demande au sieur Alexis Maraux quelques renseignements sur ce que son *père, ou lui, ou son frère d'Arlay* ont pu toucher des receveurs, et en outre des copies de déclarations de successions faites par la Princesse de Schœnberg, et réclamées par *circulaires;* mais il y a loin de là à la correspondance qui aurait été tenue avec un *administrateur général:* si on s'adresse au défendeur, c'est parce que, restant alors avec son père, il étoit plus à même que les autres régisseurs de fournir des renseignements exacts. »

« Attendu enfin, sur la même question, que les parties conviennent que, lors du compte final présenté par le sieur Maraux père pour 1819, on a eu soin, dans l'arrêté de compte, signé de toutes parties, de détailler et spécifier les sommes qui lui étaient dues, tant comme *agent principal* de la maison d'Arenberg que pour raison des *régies et recettes spéciales* des terres de Vers, Mirebel, Nozeroy et leurs dépendances, *dont il a rendu un compte particulier,* tandis que, lorsque le défendeur a rendu les siens pour 1823 et 1824, lesquels ont été clos et arrêtés, il n'y a été fait aucune mention de son prétendu traitement de 2,000 livres tournois en qualité d'administrateur général; qu'on n'y remarque qu'un seul compte *pour la régie de Vers,* à l'occasion des recettes et dépenses des susdites terres; que seulement à la fin, ainsi que le défendeur en convient également, on y a énoncé cette phrase : « *Sous toutes réserves et protestations ordinaires de comptes.* » Mais cela signifie simplement que s'il s'y rencontre des erreurs de calcul, des faux ou doubles emplois, ou des omissions, on pourra les réparer; et il y a bien loin de là à une réserve expresse, concernant la somme considérable de 2,000 livres tournois de traitement annuel, qui certainement n'aurait pas été oubliée pendant plusieurs années par le défendeur, si réellement elle lui était due. Enfin rien ne prouve qu'il ait exercé les fonctions d'administrateur ou régisseur général. »

« Attendu, sur la question de savoir si le sieur Maraux doit obtenir le vingtième denier de la somme totale de 8,162 francs 50 centimes, montant du prix de la vente des bois de la Farouille et du Petit-Chânois, ou seulement à raison de 2,000 francs, qui est la portion de ladite somme versée dans sa caisse, l'autre l'ayant été directement dans celle du Prince, demandeur; qu'il est avoué que celui-ci, par une lettre écrite au défendeur le 29 juin 1826, l'a prévenu qu'à dater de la même année, les versements, pour les ventes de bois des parties forestières de Vers en Montagne, se feraient directement à sa caisse, et qu'il ne devait plus comprendre les sommes en provenant sur le budjet de sa recette; mais comme ces coupes ont été vendues en mai 1825, et 2,000 francs, sur 8,162 francs 50 centimes, ont été versés sans nulle difficulté dans la caisse du sieur Maraux, il a paru juste de lui allouer le vingtième denier pour la totalité de la somme, parce que, d'abord, les ventes ont eu lieu avant le premier janvier 1826, et qu'il ne doit pas perdre ce qui lui a été promis, par l'unique motif que le Prince Pierre se serait fait remettre le surplus de la somme, et qu'on ne peut pas dire, avec équité, que le vingtième denier n'est dû qu'à raison du dépôt de sommes dans la caisse du défendeur, et par-conséquent seulement pour la partie du prix déposée, mais qu'au contraire un salaire est en outre une récompense des peines qu'il s'est données avant les ventes et pour vendre. »

« En ce qui concerne le bois du Fayet, attendu que la vente n'en a été faite que le 13 janvier 1826, c'est-à-dire postérieurement à l'époque fixée par le demandeur, dans sa lettre du 29 juin suivant; que soit que celui-ci ait fait lui-même les démarches nécessaires pour parvenir à cette vente, ou qu'elles aient été effectuées par d'autres agents que M. Maraux, toujours est-il certain que ce dernier ne doit pas en obtenir les émoluments, et qu'à cet égard, peu importerait que le Prince l'eût averti ou non verbalement en 1825, lors de la visite des coupes de la Combe-d'Ain, ce qui néanmoins serait assez probable par le fait même de la vente exécutée en 1826, et celui du versement dans la caisse du Prince. »

« Attendu, sur les dépens, que le défendeur est reliquataire d'une somme envers le demandeur; que jusqu'ici il n'a fait aucune offre, se prétendant au contraire créancier, d'où il résulte qu'il est tenu des dépens de l'instance, lesquels cependant ne seront liquidés que comme faits en matière sommaire, parce qu'il s'agit de compte, et que l'affaire a été portée à bref délai, en vertu d'ordonnance du président. »

« PAR CES MOTIFS, le tribunal déclare que, sur la somme de 7,685 francs 50 centimes réclamée par le demandeur, il sera déduit celle de 508 francs pour vingtième denier des 6,162 francs 50 centimes, partie du prix de la vente de la Farouille et du Petit-Chânois, non versée dans la caisse du défendeur. »

« En conséquence, condamne Philibert-Alexis Maraux à payer au demandeur la somme de 7,577 francs 19 centimes, avec intérêts dès le jour de la demande en justice, et aux dépens de l'instance. »

Le même jour, le tribunal d'Arbois a condamné le sieur Alexis Maraux à payer à la famille d'Arenberg la somme de 3,052 francs 65 centimes, pour reliquat de compte de la régie antérieure à 1825, et l'a débouté de sa prétention à un traitement annuel de 2,000 livres tournois comme administrateur en chef.

ARBOIS, IMPRIMERIE DE JAVEL.